ALFRED AUBERT

CAPRICES

ET

BOUTADES

Poésies nouvelles

LYON

HENRI GEORG, LIBRAIRE-ÉDITEUR
Rue de la République, 65
Même Maison à Genève et à Bâle

1879

CAPRICES

ET

BOUTADES

LYON. — IMPRIMERIE MOUGIN-RUSAND

ALFRED AUBERT

CAPRICES

ET

BOUTADES

Poésies nouvelles

LYON

HENRI GEORG, LIBRAIRE-ÉDITEUR

Rue de la République, 65

Même Maison à Genève et à Bâle

1879

A

MON FRÈRE LOUIS AUBERT

———

Fais moi le plaisir, mon cher Louis, d'accepter la dédicace de ces quelques pages.

Leur nombre, quoique fort restreint, ne l'est peut-être pas assez encore,

Car la poésie, spirituelle liqueur, ne doit être servie qu'à petites coupes. Quand les vers sont bons, il en faut peu; quand ils sont mauvais....

Alfred AUBERT.

———

AU LECTEUR

Ces vers, si l'on veut les lire,
Feront quelquefois sourire,
Ils sont si peu sérieux !
Mais ils sont fils de l'aurore ;
Et l'auteur, bien jeune encore,
Demain saura faire mieux.

LE BAISER DU RÉVEIL

A Josephin Soulary.

« L'aurore lumineuse apparaît; le soleil
Fait scintiller, au sein de nos vertes prairies
La rosée, étalant ses fines pierreries,
Chaste joyau de l'air, à l'opale pareil.

Mignonne, il faut bannir le doux songe vermeil :
L'alouette a chanté parmi l'herbe fleurie ;
L'abeille se suspend aux branches ; l'enfant prie ;
Pour t'encenser les fleurs attendent ton réveil.

Les champs ont revêtu leurs habits des dimanches,
Et le roucoulement des tourterelles blanches,
Mélodieuse aubade, est aussi de retour ;

Eveille, éveille-toi, paresseuse, il fait jour! »
— Alors en souriant : « Il me faut autre chose,
Dit-elle, qu'un baiser de colombe ou de rose. »

PENSÉE AMOUREUSE

Si j'étais la brise du soir,
Guettant le lit où tu reposes,
J'entendrais de drôles de choses,
O ma beauté, dans ton boudoir.

Sans être vu je pourrais voir,
Soulevant les frais rideaux roses,
Perler sur tes lèvres mi-closes,
En ton sourire mon espoir.

Jouant avec ta tresse blonde,
J'oublierais le reste du monde
Sous la gaze de ton peignoir,

Puis j'irais, folle vagabonde,
Caresser les roses et l'onde
Si j'étais la brise du soir.....

SONNET D'AVRIL

Au maestro Emile Pichoz.

Avril, gai lutin, arbore
Son drapeau vert, c'est le temps
Où sous le taillis sonore
Volettent oiseaux chantants.

C'est le retour du printemps.
L'amour en fleur peut éclore
Au soleil de mes vingt ans.
Mignonne me plaît encore.

Vers la beauté de mon choix
Vole, légère odelette !
Et dis-lui qu'au fond du bois

S'épanouit l'amourette
Qui s'effeuille sous les doigts,
Ainsi qu'une pâquerette.

DÉCEPTION

Varium et mutabile semper femina.

(VIRGILE).

Je te disais dans ma démence :
« Maîtresse aux gracieux atours,
« J'ignore les tendres discours,
« Mais tu peux croire en ma constance.

« Lorsque j'aime c'est pour toujours ;
« Les étoiles au ciel immense
« Et le soleil qui se balance
« Pâliront avant nos amours. »

Or, secouant ta tête blonde,
Tu répondais : « Ami, le monde
« Est changeant, ne jure de rien. »

— C'était vrai: ton doute était sage ;
Je sais que le cœur est volage
Depuis que je connais le tien.

PROMENADE D'AMOUR

TRIOLETS

*dits par M. Gerbert, jeune premier rôle du théâtre
des Célestins*

Je suis heureux d'avoir vingt ans,
Car vous serez bien moins cruelles,
Mesdames ; quand vient le printemps
On est heureux d'avoir vingt ans ;
Avec leurs parfums irritants
Passent des effluves nouvelles.
Qu'on est heureux d'avoir vingt ans !
Les belles sont bien moins cruelles.

Tourtereau, j'avais pris mon vol
Avec certaine... tourterelle,
Loin de la ville au triste sol,
Tourtereau, j'avais pris mon vol.
Un ruban flottait sous son col...
Et moi, d'une frétillante aile,
Tourtereau, j'avais pris mon vol
Avec certaine... tourterelle.

Nous suivions un petit sentier
Bordé d'églantiers et de saules ;
Oubliant l'univers entier,
Nous suivions cet étroit sentier
Conduisant vers un noir moutier.
Le vent caressait ses épaules.....
Nous suivions un petit sentier
Bordé d'églantiers et de saules.

Son bras s'appuyait sur le mien,
Ses yeux se perdaient dans le vide,
Et, fier de l'avoir pour soutien,
Son bras s'appuyait sur le mien.
Près de nous on n'entendait rien
Que le bruit d'un ruisseau limpide ;
Son bras s'appuyait sur le mien
Ses yeux se perdaient dans le vide.

Nous marchions toujours plus avant
Et l'herbe empiétait sur le sable.
Foulant des fleurs tout en rêvant
Nous marchions toujours plus avant,
Et je contemplais bien souvent
Son pied cambré, vif, adorable ;
Nous marchions toujours plus avant
Et l'herbe empiétait sur le sable.

Elle relevait dans sa main,
Sa robe longue et précieuse ;
Craignant les ronces du chemin
Elle l'amassait en sa main
Et je voyais le bas divin
De sa jambe ronde et galbeuse ;
Elle relevait dans sa main
Les plis de sa robe soyeuse.

« Arrêtons-nous ! arrêtons-nous ! »
Dit-elle, « je suis un peu lasse. »
Et, me jetant à ses genoux
Je répondis : « Reposons-nous !
« Ne sens-tu point parmi les houx
« Cette fraîche haleine qui passe ? »
— « Arrêtons-nous ! Arrêtons-nous ! »
Dit-elle, « je suis un peu lasse. »

S'étant assise près de moi,
J'aspirai son souffle de rose ;
Elle ne put vaincre je crois,
S'étant assise près de moi,
Un petit mouvement d'effroi,
Comme ayant peur de quelque chose.
S'étant assise près de moi,
J'aspirai son souffle de rose.

Puis, penchant mon front vers le sien :
« Je vous aime !..... » babutiai-je.
Mignonne, sans répondre rien,
Sur mon front reposa le sien ;
Son sein digne du Titien,
Etincelait, blanc comme neige,
Et mon cœur battait près du sien :
« Je vous aime...! » balbutiai-je.

Ne demandez pas à savoir
La fin de cet épithalame,
Belles lectrices, au revoir !
Ne demandez pas à savoir,
Car je serais au désespoir
Si je m'attirais votre blâme,
Ne demandez pas à savoir
La fin de cet épithalame.

Mais songez que j'avais vingt ans
Et ne soyez pas trop cruelles,
Mesdames : c'était le printemps.
Conspirant contre mes vingt ans,
Avec leurs parfums irritants,
Passaient des effluves nouvelles ;
Souvenez-vous de vos vingt ans
Et ne soyez pas trop cruelles.

L'ÉCHO

A mon ami Frédéric Robin.

Au creux du val sonore une naïve fille
Interrogeait l'écho tout haut : « Nymphe gentille,
Disait-elle, apprends-moi de mon futur le nom. »
       — Non.

« Pourquoi, méchante Echo, ne veux-tu rien me dire?
« J'aime tes bois pourtant et leur ombre m'attire ;
« Ah ! réponds-moi, serai-je unie au beau Louis ? »
       — Oui.

« Merci, ma chère Echo ! c'est le bonheur suprême
« D'être deux en un cœur avec celui qu'on aime,
« Et qui vous aime ; car il m'aime, n'est-ce pas ? »
       — Pas.

« Menteuse Echo, tu viens de dire le contraire.
« Puisqu'il veut m'épouser, c'est que j'ai su lui plaire,
« Car de mes mille écus il n'a guère souci ! »
       — Si.

JARDINIÈRE DU JARDINET

Si ma bourse d'or était pleine
J'achèterais un jardinet,

Un jardinet, vallon ou plaine,
Long d'un arpent, frais et discret.

J'y planterais rose et verveine,
Pour cueillir odorant bouquet,

Puis s'il restait une vingtaine
D'écus, sonnants dans mon gousset,

Je t'irais quérir, souveraine,
Sans couronne, fard ni corset,

Forte fille aux cheveux d'ébène,
Jardinière du jardinet.

SAMSON

STATUE DE MON AMI PH. FABISCH

(Salon de Paris 1877)

Médaille 1878, à l'Exposition des Amis des Arts.

Vous pouvez me frapper je suis encore à terre
Mais, soumis un instant, livré par trahison,
Bientôt je briserai ces fers comme du verre,
Et le vaincu de ses vainqueurs aura raison.

Mon bras n'a-t-il pas pu battre une armée entière ?
Aux vignes de Timna déchirer le lion ?
Les portes de Gaza, plus lourdes que la pierre,
Comme un fétu, je les portai plus haut qu'Hébron.

Et les trois cents renards ! Et la mâchoire d'âne !
Tout est donc oublié ? Dalila, courtisane,
Vous tous, fils de satan, Philistins de Dagon,

La force me revient ; l'heure de la vengeance
Approche, et je vais faire une hécatombe immense,
Moi, le Nazaréen de Dieu, Titan-Samson !

SONGE D'UNE NUIT DE PRINTEMPS

> Une nuit comme je sonjoye
> Et de fait dormir me convient
> En dormant un songe m'advint.
> (Roman de la Rose).

Quel charmant rêve j'ai rêvé !
Mon âme en est encor ravie
Et je ne pourrai de ma vie
Oublier, quoiqu'inachevé,
Le beau rêve que j'ai rêvé !

Car tout était couleur de roses
En ce songe riant et doux
Madame, j'étais avec vous
Et j'obtenais beaucoup de choses
En ce songe couleur de roses.

Votre cœur devant mes aveux
Trahissait un amour timide,
Dans ce songe pur et limpide
Je voyais combler tous mes vœux.
Nous échangions tendres aveux

Et puis (illusion suprême!)
Nous disions, la main dans la main,
Ces trois mots du poème humain :
Je t'aime ! Je t'aime ! Je t'aime !
C'était l'illusion suprême.

Le bonheur nous vient en dormant.
Durant une nuit tout entière
(Oh ! vous ne pouvez rien y faire,
Madame,) je fus votre amant,
Le bonheur nous vient en dormant.

Je possédais le privilége
De pouvoir baiser tour à tour
Gorge ronde au ferme contour,
Cou blanc à dépiter la neige ;
Il est rare ce privilége !

Alors, vous preniez devant moi
Le regard d'Eve perdant l'homme ;
·Je mordais en plein dans la pomme,
Morceau de gourmet ou de roi ;
Tous vos charmes étaient à moi !

Mon âme tressaillait heureuse
Apprenant ce que nul n'a su :
De quel léger et fin tissu
Est faite votre peau soyeuse.
Mon âme tressaillait heureuse.

Car jamais pour la volupté
Plus· ravissante créature
N'apparut du sein de nature
Au milieu du monde enchanté
Comme reine de volupté.

Madame, ce n'était qu'un songe.
Je voudrais bien dormir encor
Mais avec l'aube aux rayons d'or
S'évanouit le doux mensonge.
Ne sera-ce jamais qu'un songe?...

AUX MONDAINS

Mondains, à vous le fracas
D'une existence dorée !
Ma solitude adorée
Des honneurs fait peu de cas.

A vous les bals, les galas,
Et les cochers en livrée !
La campagne diaprée
Offre à mes yeux plus d'appas.

A vous les honneurs, les fêtes,
La poussière que vous faites !
A moi les taillis épais !

A moi les fleurs que colore
Le premier rayon d'aurore !
A moi la mousse et la paix !

SONNET D'HIVER

Brr ! qu'il fait froid ! chère frileuse,
Pose tes pieds sur les chenêts,
Tes pieds mignons que je connais.
Etends-toi bien sur la causeuse.

Que les coussins ploient sous ton corps
Afin que d'une main fiévreuse
Je parcoure, ô mon amoureuse,
L'écrin de tes tièdes trésors.

Depuis un mois pour toi, Ninette,
Ainsi qu'un pauvre anachorète
Je tiens bon devant Brididi.

Le cœur si vite est refroidi !
Ravivons la chaude amourette
Depuis minuit jusqu'à midi.

CHANSON PRINTANIÈRE

Ninon, le temps est superbe
Aujourd'hui,
Le vilain brouillard a fui,
Et sur l'herbe,
Au bord de l'eau, si tu veux,
Tous les deux
Nous pouvons faire dinette.
Viens, Ninette.

Viens : nous aurons fin repas,
Gaîté douce
Avec couchette de mousse
A deux pas.
Nous jouerons à... *pigeon vole !*
Je raffole
Des petits jeux innocents.
Donc, consens,

Et puisque tout nous invite,
Pied joyeux,
Loin des regards envieux,
Partons vite.
Je t'aimerai bien m'amour
Tout le jour,
Comme l'abeille se pose
Sur la rose.

LE JOUR DE L'AN

D'UN POÈTE

A mon confrère Paul Ernest W.

Quel est ce jeune homme qui passe
Raide comme balle, à l'écart,
Loin du populeux boulevard ?
Il tremble et la bise le glace.

C'est une victime de l'art,
Un poète de bonne race ;
Il récite des vers d'Horace
Et jette sa vie au hasard.

Il a toujours manqué le coche
Pour tailler son pur diamant.
Mais, las ! Le jour de l'an approche ;

Rien dans les mains ! rien dans la poche !
Muse, emprunte pour ton amant
Une étoile du firmament !

LA BONNE

Elle sait mettre pot au feu,
Vernir une paire de bottes,
Coudre un bouton à des culottes
Et faire la cuisine.... un peu,

Assaisonner une salade,
Porter fièrement un bonnet
Frais, coquet, tout enrubanné,
Soigner sa maîtresse malade.

Elle aime le petit salé
Et la musique militaire,
La gibelotte hors barrière,
Et le café noir dans le lait.

Est-elle gentille la bonne !
Robe de mérinos marron,
Tablier au lâche cordon,
A son cou le col d'amazone !

Elle entend merveilleusement
D'amourettes le passe-passe,
Aime à s'admirer dans la glace,
Mais quand vous sortez seulement.

Enfin quand vous comptez, Madame,
Elle dit d'un ton aigre-doux :
« Un petit pain d'un sou, deux sous ! »
Et vole de toute son âme.

COCHER MODÈLE

Il porte comme petits-maîtres
Carrick brun et longues guêtres,
Cocarde avec galons d'argent.

Il dirige d'une main sûre
De ses coursiers le couple ardent
Qui, loin d'aller à l'aventure,

Sans coup de fouet vole et fend l'air
Plus rapidement que l'éclair.
Nulle ambition ne l'assiége

Et il est haut placé pourtant !
Bien peu savent en faire autant
Une fois assis sur leur siége.

SONNET DE MINUIT

Minuit ! c'est l'heure du silence.
Seul l'astre veille au ciel immense,
Chacun ronfle sous l'édredon.

Sur le boulevard, plus personne !
Et ton concierge si l'on sonne
Grogne pour tirer le cordon.

Dans cette nuit mystérieuse
Nous ne pouvons être surpris :
Quand il fait noir les chats sont gris.
Donne donc un baiser, peureuse !

Regarde, au-dessus de Paris
La lune, nocturne coureuse,
Quitte sa jupe nébuleuse
Et fait les cornes aux maris.

AU CLAIR DE LA LUNE

Nous n'avons que peu d'instants
    Pour aimer et vivre.
Il est vite lu le livre
    De notre printemps.
Souvenez-vous-en, ma brune,
    Au clair de la lune !

Déjà, la main dans la main,
    Les ombres s'enlacent,
Et les heureux amants passent
    Sur l'étroit chemin
Chacun avec sa chacune
    Au clair de la lune.

Ecoutez tendres discours,
    O ma toute belle !
On ne peut être cruelle,
    Cruelle toujours.
Cédez-moi sans peur, ma brune,
    Au clair de la lune,

Et la brise dans le bois
    Dans le bois sonore
Dira : « Baisez-vous encore,
    « Encore une fois,
« Chacun avec sa chacune,
    « Au clair de la lune ! »

Ils sont courts les doux instants
    Pour aimer et vivre ;
On a vite lu le livre
    Des joyeux vingt ans.
Aimons, aimons-nous, ma brune,
    Au clair de la lune.

TE SOUVIENS-TU TOUJOURS?

Réponds, ô fille d'Eve,
Te souviens-tu toujours
De notre si doux rêve,
De nos vieilles amours?

Quelle ardeur ! Quelle ivresse !
O ma chère maîtresse,
Nous n'étions jamais las,
Et nous courions sans cesse
Dans le champ de jeunesse,
Sans souci des faux pas.

Réponds, ô fille d'Eve,
Te souviens-tu toujours
De notre si doux rêve,
De nos vieilles amours?

Moi, bien souvent encore
Je songe à cette aurore,
A ce trop heureux temps
Où nous cueillions les roses,
Tout fraîchement écloses,
Au soleil des vingt ans.

Réponds, ô fille d'Eve,
Te souviens-tu toujours
De notre si doux rêve,
De nos vieilles amours ?

Las ! j'ai perdu, ma belle,
Ma fortune avec celle
D'un vieil oncle défunt,
Et maintenant, Ninette,
Je suis grevé de dettes
Et ne vis que d'emprunts.

Réponds, ô fille d'Eve,
De nos vieilles amours,
De notre si doux rêve
Te souviens-tu toujours ?

LES CERISES

TRIOLETS

> Les pentes vertes des coteaux
> Sont toutes rouges de cerises.
> (P. Dupont).

Par un beau jour du mois de juin
Je rencontrai Lise la brune,
On peut être amoureux un brin
Par un beau jour du mois de juin.
Chacun s'en va, joyeux lutin,
Faire la chasse à sa chacune.
Par un beau jour du mois de juin
Je rencontrai Lise la brune.

Elle marchait sans se hâter
Portant au bras une corbeille ;
Sans rien faire pour m'éviter
Elle marchait sans se hâter.
Je sentis mon cœur palpiter
Devant sa grâce sans pareille ;
Lise marchait sans se hâter
Portant au bras une corbeille.

Alors de ma plus douce voix
Je balbutiai : « Viens donc Lise
Cueillir les cerises du bois ! »
Lise me répondit : « Tu crois ?
C'est que j'ai peur d'aller au bois. »
Or voyant la belle indécise
De ma plus caressante voix
Je lui répétai : « Viens donc, Lise. »

Le ciel est bleu, l'horizon luit,
Nous sommes au mois des cerises,
Le jour renaît, l'ombre s'enfuit,
Dans le ciel bleu le soleil luit,
Les arbres ont produit leur fruit
Sous l'ardeur féconde des brises.
Le ciel est bleu, l'horizon luit,
Lise, allons cueillir les cerises.

Aussi rouges que du corail
Elles empliront ta corbeille.
Pour nous ce sera doux travail.
Bien plus rouge que du corail
Brillera tout attirail
De colliers et pendants d'oreille.
Les cerises, brillant corail,
Empliront ta blanche corbeille.

Lise sourit, dans le sentier
Sous bois je conduisis la belle
Qui me suivit très-volontiers
Jusqu'au bout de l'étroit sentier,
Alors le long d'un cerisier
Moi-même je dressai l'échelle ;
Nous étions au bout du sentier
Sur l'échelle monta la belle.

Près d'elle vinrent becqueter
Petits oiseaux, troupe joyeuse,
Que je regardai voleter
En gazouillant, et becqueter,
Et puis à Lise disputer
La cerise délicieuse ;
Sur l'arbre venaient becqueter
Petits oiseaux, troupe joyeuse.

Or Lise d'un ton dégagé ;
« Regarde comme je dévore
« A monter tu n'as pas songé,
« Dit-elle d'un ton dégagé,
« Les oiseaux auront tout mangé
« Si tu tardes longtemps encore. »
Je grimpai d'un pied dégagé
Pour cueillir le fruit que j'adore.

Sur sa bouche nid du baiser
Où le sourire vient éclore,
Où la grâce aime reposer,
Sur sa bouche, nid du baiser
Mon désir eût pour s'apaiser
Cerise, amour, souffle d'aurore,
Lèvres roses nid du baiser
Où le sourire vient éclore.

Témoins de nos baisers jaloux
Echangés sous cette ramure,
Un filet d'eau par ses glouglous
Et les vilains oiseaux jaloux
Dans leurs chants se moquaient de nous.
Et moi je ris de l'aventure,
Quand je songe aux baisers jaloux,
Echangés sous cette ramure.

TROIS SONNETS

A PIERRE DUPONT

*dits par M. Riva, artiste du théâtre des Célestins, dans un
banquet donné en la mémoire du poète lyonnais.*

I

Lyon n'a point vu fuir la poésie :
Pour sa noble muse en fidèle amant
Joseph Soulary taille un diamant,
Chef-d'œuvre de style et de fantaisie.

Louisa Siefert, écrivain charmant,
Nous a dévoilé le cœur de la femme :
Doux *rayons perdus*, blessure de l'âme,
N'était-ce pas là l'éternel roman ?

Laprade, ébloui des clartés divines,
S'en va, que le jour rayonne ou décline,
Promener son rêve au sommet des monts,

Mais c'est ta chanson surtout qui reflète
L'esprit populaire et que nous aimons
O Pierre Dupont, immortel poëte !

II

Tu savais chanter et tu savais vivre ;
Tu ne boudais pas au vieux vin vermeil
Et tu contemplais avec un cœur ivre

La pourpre du ciel et l'or du soleil.
Aussi quand sonna l'heure qui délivre
Tu voulus donner un dernier conseil :

Celui de bannir le souci sévère,
De tâcher d'avoir toujours nos vingt ans
Pareils aux lutins joyeux et chantants,
De marcher pied leste et la tête altière

Des roses au front et de la lumière !
Si tu nous voyais, tu serais content,
Maître, tes amis reviendront longtemps
En l'honneur de toi, tendre un large verre.

III

Laisse-moi te dire encore une fois,
Poète, qu'on t'aime autant qu'on t'admire
Toi qui savais vivre et qui savais rire
Comme Béranger du rire gaulois,

De deux arts exquis mariant les lois,
En un seul élan, en un seul délire,
Tu t'accompagnais, Dupont, sur ta lyre,
Et les vers coulaient plus beaux de ta voix.

Pourtant ce n'était pas assez encore,
D'un ardent poème et d'un chant sonore
Pour faire à jamais ton nom rayonner.

Au peuple exalté ta voix prophétique
Sut chanter l'amour de la République
Et sur nous je sens ton ombre..... planer !

A LA VOULZIE

Moreau nous vante tes eaux pures
Qui coulent parmi des buissons,
Pleins de senteurs et noirs de mûres ;

Il paraît que tes vagues sons
Bercent l'âme et qu'en tes murmures
On ouït de fraîches chansons.

Je l'accorde, ô douce Voulzie,
On ne peut écouter en vain
De tes flots le babil divin,
Mystérieuse poésie ;

Bluets et roses de Provins,
Ta couchette est toute fleurie ;
Pourtant garde-toi, je t'en prie,
De mêler ton onde à mon vin !

A UNE DAME

QUI M'AVAIT DEMANDÉ UN SONNET

> « Vous voulez de mes vers ? »
> (GAUTIER).

Monsieur l'auteur, faites pour moi
Un tout petit sonnet, dit-elle,
Certes je vaux bien telle ou telle
Qu'on vante, j'ignore pourquoi.

— Madame vous êtes cent fois
La plus charmante et la plus belle ;
Mon âme, à tant d'autres rebelle,
Avec plaisir cède à vos lois.

— Prouvez-le donc par un poème.
— Quand je vous aurai dit : « Je t'aime...! »
Quel vocabulaire épuiser ?

Pardon, c'est peut-être un blasphème :
Pour vous je ne puis composer
Que le poème... du baiser.

NOVEMBRE

A mon ami et confrère Albert Metzger (de Mulhouse).

Novembre, ce dieu des ravages,
A reparu ; dans le sentier
Le fruit rouge de l'églantier
Remplace les roses sauvages.

Pâle dans son lit de nuages
Phébus rend le rayon dernier ;
Quelques flocons d'un blanc d'acier
Insultent déjà les visages.

Le menu cours d'eau disparaît
Sous les rameaux et les brindilles
Qu'il charrie. Adieu les charmilles

Témoins de si charmants secrets !
De Novembre les seuls attraits
Sont au coin du feu qui pétille.

LA PREMIÈRE NEIGE

A mon cousin Armand Defaysse.

La première neige est tombée
En abondance et les gamins
Livrent entre eux par les chemins
Quelque bataille prohibée.

Pendant la lutte un galopin
Loin de notre bande absorbée
Va pétrir à la dérobée
La neige et fait un mannequin.

Le bloc prend forme et l'on devine
Un corps ; la tête se dessine
La robe, le chapeau carré ;

Il n'a pas oublié de faire
Le long rabat ni le bréviaire,
Mais gare à Monsieur le curé !

INQUIÉTUDE

« Devant ma mélancolie
Pourquoi prendre un air moqueur ?
Je sais l'histoire du cœur
Et crains que le tien n'oublie. »

— « T'oublier, toi, si jolie,
Mignonne, quand tes couleurs
Pourraient faire envie aux fleurs,
Ce serait une folie !

Quel zéphyre printanier
Ne caresse la pervenche ?
L'insecte fuit-il la blanche

Refloraison du pommier ?
L'oiseau fuit-il le hallier ? »
— « Non, mais il change de branche. »

RANCUNE

Un jour vous m'avez dit, ma brune :
« Je n'aimerai jamais qu'un blond. »
Ressentant cet insigne affront
Je voulais vous garder rancune.

Mais il s'est fait un changement
Et vous, hier tant opiniâtre,
Avouez que terre noirâtre
Apporte toujours bon froment.

Oui, c'est le raisin noir qui donne
Le vin au bouquet généreux,
Belle brune, j'en suis heureux
Et volontiers je vous pardonne ;

Mais pardonnez-moi mêmement
Si je préfère à tout au monde
Certaine chevelure blonde,
Splendide et pur rayonnement.

LE MAITRE DE CHAPELLE

Plein de doux frémissements d'ailes
L'air retentit de mille voix
Et de tous les nids à la fois
Partent rondeaux et ritournelles.

De ce vert orchestre du bois
Quel est le maître de chapelle ?
Est-ce toi, tendre Philomèle ?
Gentille fauvette, est-ce toi ?

— Non. — Colibri, c'est toi peut-être ?
— Non ; c'est dans les cœurs que ce maître
De chapelle siége toujours.

— Je sens en effet sa main sûre
Dans mon cœur battre la mesure ;
Ne s'appelle-t-il point..... Amour ?

———————

PASTOURELLE

Sous les tilleuls, dans la bruyère,
        Bien loin du bruit
        Fut notre lit,
Fait pour l'amour et le mystère.
Tout se taisait sur la lisière
Du bois la fauvette chanta
        Tra, la, la, la.

Je folâtrais dans la prairie,
        Cheveux épars,
        Quand un beau gars
Advint; avec galanterie
Il voulut que je lui sourie,
Puis sur la bouche il m'embrassa
        Tra, la, la, la !

Il prépara riche couchette
        De mousse et fleurs
        Au cent couleurs.
On apprendrait sans longue enquête

Où s'appuya ma blonde tête
Qui près de lui se reposa.
    Tra, la, la, la !

Mais je ne suis pas inquiète :
    Qui le dira ?
    Qui le saura
A part la gentille fauvette ?
Or sa chanson est trop discrète
Pour conter ce qui se passa.
    Tra, la, la, la.

DANSE DE BAYADÈRES

De la mer filles légères,
En un gracieux essor
Agitez vos pagnes d'or,
Dansez, dansez, bayadères !

Dansez, filles de la mer,
Vos tendres yeux de gazelles
Font des blessures mortelles
Et brillent comme l'éclair.

Courtisanes adorées,
Vos traits ont mêmes couleurs
Que du grenadier les fleurs
Par un beau soleil dorées.

Du palmier et du bambou
Votre taille a la souplesse ;
Dans la danse charmeresse
Au son de l'orchestre indou

On aperçoit sous la gaze,
S'eutrouvrant comme à dessein,
Les courbes de votre sein
Qui palpite en folle extase !

Souvent les esprits des eaux
Ont guetté votre venue
Pour bien vous voir, toutes nues,
Folâtrant dans les roseaux.

Votre corps aux formes roses
Mollement décrit toujours
De voluptueux contours
En ses délirantes poses.

En un gracieux essor,
De la mer filles légères,
Dansez, dansez, bayadères,
Agitez vos pagnes d'or.

LE BAIN

Même l'eau de ton bain t'embrassant tout entière
Tout entière d'un seul baiser.
(A. KARR.)

Pudique enfant, ma toute brune,
Quand aux premiers feux du soleil
Tu vas sur le sable vermeil
Cheminant le long de la dune,

Jusqu'au petit golfe écarté,
Fidèle, à tes pas je m'attache ;
Si tu t'arrêtes je me cache
Craignant d'offenser ta beauté.

Tout tremblant, respirant à peine,
Blotti sous la voûte du bois,
Sans être aperçu je te vois
Dénouer tes cheveux d'ébène,

Dont le parfum embaume l'air.
J'entends déferler sur la grève
Avec un bruit, beau comme un rêve,
Les flots expirants de la mer,

J'assiste au ravissant mystère
Du deshabillé sans miroir,
Je regarde les jupes choir
De la taille cambrée à terre.

Au baiser du flot libertin
Tous tes charmes tu les exposes ;
Tu laves bras blancs, jambes roses,
Fines épaules de satin.

Puis surgissent de ton corsage
Nombreux récifs que j'ignorais,
Tendres écueils, où je voudrais,
Pâmé d'amour, faire naufrage.

Dans la mer tu trempes d'abord
Le bout du pied, ô ma baigneuse,
Le frisson te prend, et, peureuse,
Tu ne vas pas trop loin du bord.

Ton corps, tout nu jusqu'à la hanche,
Semble attendre le choc des flots
Qui sur tes reins bruns et ton dos
Jettent leur large écharpe blanche,

De l'océan au reflet vert
Tu sors enfin, charmante fée,
Nu-pieds et d'écume coiffée,
Grelottante au contact de l'air.

Et quand tu traverses la plage,
Avide, je t'admire encor
Disparaissant dans un nuage
De mousseline étoilé d'or.

BARCAROLLE

Sur la mer mobile,
Sans crainte du flot
Alerte et docile
Vogue, ô mon canot !

La brise t'invite
Et ton pavillon
Follement s'agite
Comme un papillon.

Pour fendre la lame
Compte sur mon bras,
Mon bras que la rame
Ne fatigue pas.

Que ta coque blanche
A bonne façon
Quand elle se penche
Comme en un frisson,

Et glisse rapide,
Semblable à l'oiseau,
A la Néréïde
Jouant sur les eaux !

Rapide oiseau vole !
Ah ! vogue toujours,
Ma légère yole,
Mes seules amours !

REGRET DES CHAMPS

A ma cousine Adèle Souchier

> O rus, quando ego te aspiciam !
> (Horace)

Assourdi par le flux et reflux de la foule
Passant dans le brumeux et sombre carrefour
Comme un flot haletant qui monte et se déroule
Je regrette les champs, le soleil, le grand jour.

J'ai besoin de me perdre au creux du val sonore
D'écouter les essaims qui bourdonnent dans l'air,
D'assister au lever radieux de l'aurore,
De voir sous le ciel bleu pousser le gazon vert.

Rendez-moi, rendez-moi les riantes contrées
Les forêts de sapins de mon pays natal
Les flots diamantés des ruisseaux de cristal
Et les riches moissons dans les plaines dorées.

Mon front se baignera dans le soleil couchant
Et pour le rafraîchir viendra la douce brise
Et dès l'aube j'irai rêver sur le penchant
De la colline au son des cloches de l'église,

J'entendrai les oiseaux sans les effaroucher
Et quand s'avancera l'ombre de la nuit brune
Sur le torrent lascif qui se frotte au rocher.
J'irai voir en sillons d'argent jouer la lune.

Sous les rameaux feuillus où palpitent les nids
Je bondirai joyeux moi dont l'âme est brisée
Et je respirerai l'odeur des foins jaunis
Et je m'enivrerai d'amour et de rosée.

Il fait si bon rêver dans les sentiers couverts !
Que le matin rayonne ou que le jour décline
J'irai vous demander les rimes de mes vers
Frais vallons parfumés de l'effluve divine.

Nature, oh ! laisse-moi jouir de tes appas !
Qu'ils puissent s'étaler à mes regards sans voiles,
S'épanouir en fleurs sous chacun de mes pas
Et planer sur ma tête en brillantes étoiles !

CORDE GRAVE

Tout s'agite, rien ne repose,
Ni l'océan ni le zéphyr,
Ni sous la voûte de saphir
Le fier nuage blanc et rose.

L'homme, esclave de son désir,
A semblable destin s'expose
Bientôt le front devient morose
Et l'on baille au nez du plaisir.

Quand le premier amour s'empare
De nos vingt ans, le cœur se pare
Des fleurs de la félicité,

Mais on est vite dégoûté;
Par l'ennui l'âme est consumée
Et le repos fuit en fumée.

TABLE DES MATIÈRES

AU LECTEUR   7

Le baiser du réveil   9

Pensée amoureuse   10

Sonnet d'avril   11

Déception   12

Promenade d'amour   13

L'écho   17

Jardinière du jardinet   18

Samson   19

Songe d'une nuit de printemps   20

Aux mondains   23

Sonnet d'hiver   24

Chanson printanière   25

Le jour de l'an d'un poète   27

La bonne   28

Cocher modèle   30

Sonnet de minuit   31

Au clair de la lune   32

Te souviens-tu toujours?.	34
Les cerises	36
Trois sonnets à Pierre Dupont	40
A la Voulzie	43
A une dame qui m'avait demandé un sonnet.	44
Novembre	45
La première neige	46
Inquiétude	47
Rancune	48
Le maître de chapelle.	49
Pastourelle.	50
Danse de bayadères	52
Le bain	54
Barcarolle	57
Regret des champs	59
Corde grave	61

AUTRES PUBLICATIONS

du même auteur :

Pourquoi n'aime-t-on plus a vivre en famille?
Etude couronnée au Concours poétique de Bordeaux. — Lyon, 1876, impr. Mougin-Rusand.

Roses au vent, premières poésies. — Méton, libraire-éditeur, Lyon, 1877, impr. Louis Perrin et Marinet.

LYON. — IMPRIMERIE MOUGIN-RUSAND

9 782019 192570